EL TIGRE DIENTES DE SABLE

por Harold T. Rober

BUMBA BOOKS™ en español

EDICIONES LERNER ◆ MINNEAPOLIS

Nota para los educadores:

En todo este libro, usted encontrará preguntas de reflexión crítica. Estas pueden usarse para involucrar a los jóvenes lectores a pensar de forma crítica sobre un tema y a usar el texto y las fotos para ello.

Traducción al español: copyright © 2018 por ediciones Lerner
Título original: *Saber-Toothed Cat*
Texto: copyright © 2018 por Lerner Publishing Group, Inc.

Todos los derechos reservados. Protegido por las leyes internacionales de derecho de autor. Se prohíbe la reproducción, el almacenamiento en sistemas de recuperación de información y la transmisión de este libro, ya sea de manera total o parcial, por cualquier medio o procedimiento, ya sea electrónico, mecánico, de fotocopiado, de grabación o de otro tipo, sin la previa autorización por escrito de Lerner Publishing Group, Inc., exceptuando la inclusión de citas breves en una reseña con reconocimiento de la fuente.

La traducción al español fue realizada por Annette Granat.

ediciones Lerner
Una división de Lerner Publishing Group, Inc.
241 First Avenue North
Mineápolis, MN 55401, EE. UU.

Si desea averiguar acerca de niveles de lectura y para obtener más información, favor consultar este título en www.lernerbooks.com

Library of Congress Cataloging-in-Publication Data

Names: Rober, Harold T.
Title: El tigre dientes de sable / por Harold T. Rober.
Other titles: Saber-toothed cat. Spanish
Description: Minneapolis : Ediciones Lerner, [2018] | Series: Bumba books en español. Dinosaurios y bestias prehistóricas | In Spanish. | Audience: Age 4–7. | Audience: K to grade 3. | Includes bibliographical references and index.
Identifiers: LCCN 2016049142 (print) | LCCN 2016049858 (ebook) | ISBN 9781512441192 (lb : alk. paper) | ISBN 9781512453713 (pb : alk. paper) | ISBN 9781512449631 (eb pdf)
Subjects: LCSH: Saber-toothed tigers—Juvenile literature.
Classification: LCC QE882.C15 R6318 2018 (print) | LCC QE882.C15 (ebook) | DDC 569/.75—dc23

LC record available at https://lccn.loc.gov/2016049142

Fabricado en los Estados Unidos de América
1 — CG — 7/15/17

Expand learning beyond the printed book. Download free, complementary educational resources for this book from our website, www.lerneresource.com.

Tabla de contenido

El tigre dientes de sable rugía 4

Partes de un tigre dientes de sable 22

Glosario de las fotografías 23

Leer más 24

Índice 24

El tigre dientes de sable rugía

El tigre dientes de sable

fue un mamífero.

Vivió hace miles de años.

Está extinto.

Este tigre tenía dientes afilados.

Dos de sus dientes eran muy largos.

¿Qué podría hacer un animal con esos dientes largos?

El tigre dientes de sable comía carne.

Este tigre se escondía en los arbustos.

Saltaba hacia su presa cuando ésta se encontraba cerca.

El tigre dientes de sable abría mucho su boca.

Usaba sus largos diente para matar a su presa.

El tigre dientes de sable tenía garras afiladas.

Estas garras le ayudaban a comer y a defenderse.

¿Cómo piensas que las garras afiladas le ayudaban al tigre dientes de sable a comer y a defenderse?

El tigre dientes de sable era grande y pesaba mucho.

Era tan alto como un león.

Pesaba tanto como dos leones.

El tigre dientes de sable vivía en áreas con césped alto.

También vivía en áreas que tenían árboles y arbustos.

Los tigres dientes de sable vivían en grupos llamados manadas.

Los tigres en manada se ayudaban para atrapar a su presa.

El tigre dientes de sable rugía.

Mostraba sus dientes largos.

¿Por qué piensas que este tigre rugía?

Partes de un tigre dientes de sable

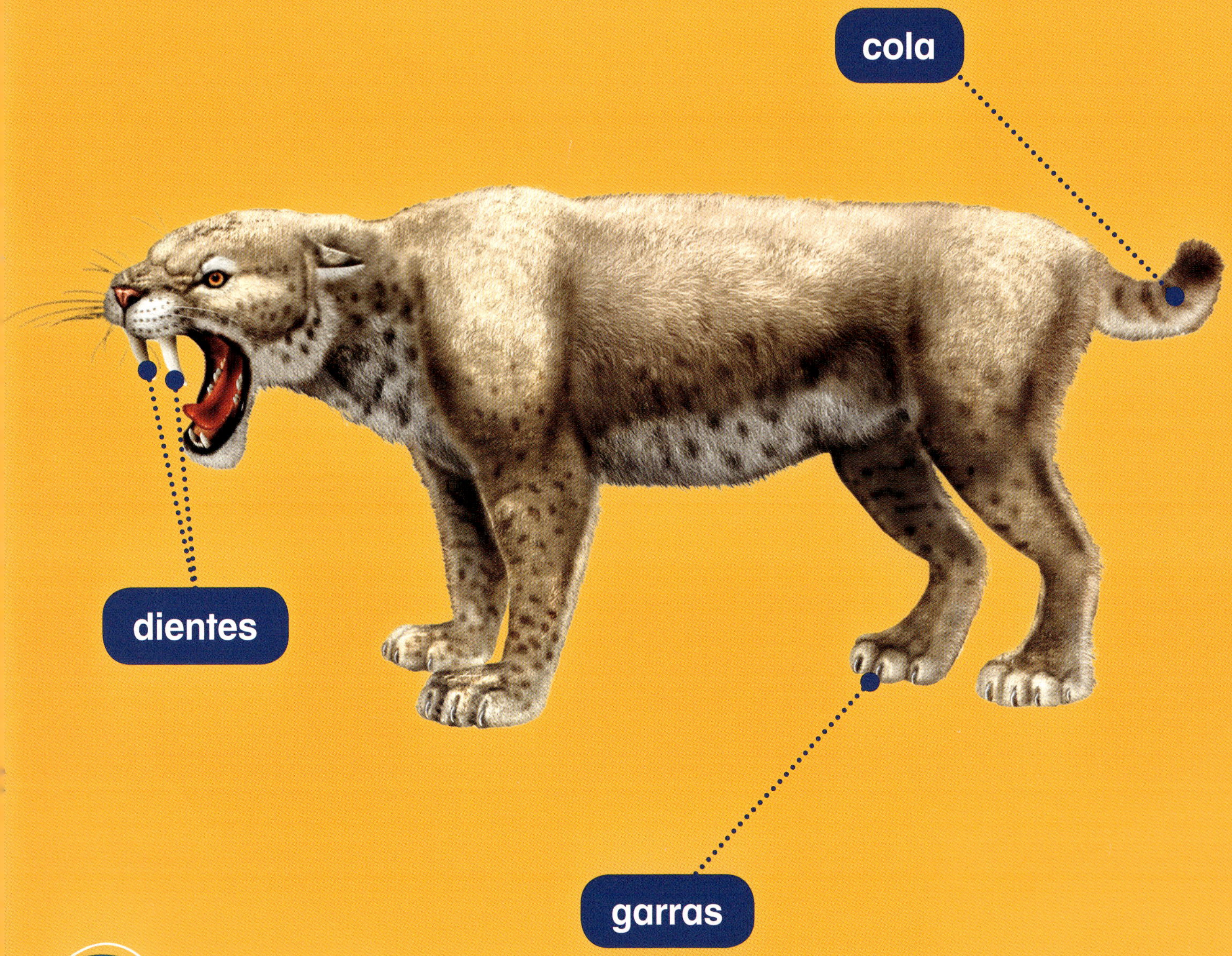

cola

dientes

garras

Glosario de las fotografías

extinto — que ya no vive

mamífero — un animal con pelaje y de sangre caliente

manadas — grupos de animales parecidos

presa — un animal que es cazado por otro animal

Leer más

Carr, Aaron. *Saber-Toothed Cat.* New York: AV2 by Weigl, 2015.

Rober, Harold T. *Woolly Mammoth.* Minneapolis: Lerner Publications, 2017.

Zabludoff, Marc. *Saber-Toothed Cat.* New York: Marshall Cavendish Benchmark, 2011

Índice

arbustos, 8, 16

carne, 8

dientes, 7, 11, 20

garras, 12

mamífero, 4

manadas, 19

presa, 8, 11, 19

Crédito fotográfico

Las fotografías en este libro se han usado con la autorización de: © Corey A. Ford/Dreamstime.com, pp. 5, 23 (esquina superior derecha); © Sasha Samardzija/Shutterstock.com, pp. 6, 23 (esquina superior izquierda); © Catmando/Shutterstock.com, pp. 8–9, 14–15, 17, 18–19, 23 (esquina inferior izquierda), 23 (esquina inferior derecha); © Valentyna Chukhlyebova/Shutterstock.com, pp. 10, 13; © Ozja/Shutterstock.com, pp. 21, 22.

Portada: © tsuneomp/Shutterstock.com.